Die schönsten Gedichte von Johann Wolfgang Goethe

Ausgewählt von
Franz Sutter

Diogenes

Die vorliegende Auswahl erschien
erstmals 1984 unter dem Titel
Herz, mein Herz
in der ›Krisenbibliothek der Weltliteratur‹
im Diogenes Verlag
Umschlagillustration: Mattheus Wytmans,
›Früchtestilleben‹, um 1670–80
(Ausschnitt)

Veröffentlicht als
Kleines Diogenes Taschenbuch, 1996

500/96/51/1
ISBN 3 257 70079 2

Inhalt

ZUEIGNUNG

Der Morgen kam; es scheuchten seine Tritte
Den leisen Schlaf, der mich gelind umfing,
Daß ich, erwacht, aus meiner stillen Hütte
Den Berg hinauf mit frischer Seele ging;
Ich freute mich bei einem jeden Schritte
Der neuen Blume, die voll Tropfen hing;
Der junge Tag erhob sich mit Entzücken,
Und alles war erquickt, mich zu erquicken.

Und wie ich stieg, zog von dem Fluß der Wiesen
Ein Nebel sich in Streifen sacht hervor.
Er wich und wechselte mich zu umfließen,
Und wuchs geflügelt mir ums Haupt empor:
Des schönen Blicks sollt ich nicht mehr genießen,
Die Gegend deckte mir ein trüber Flor;
Bald sah ich mich von Wolken wie umgossen
Und mit mir selbst in Dämmrung eingeschlossen.

Auf einmal schien die Sonne durchzudringen,
Im Nebel ließ sich eine Klarheit sehn;
Hier sank er leise sich hinabzuschwingen,
Hier teilt' er steigend sich um Wald und Höhn.
Wie hofft ich, ihr den ersten Gruß zu bringen!
Sie hofft ich nach der Trübe doppelt schön.
Der luftge Kampf war lange nicht vollendet,
Ein Glanz umgab mich, und ich stand geblendet.

Bald machte mich, die Augen aufzuschlagen,
Ein innrer Trieb des Herzens wieder kühn;
Ich konnt es nur mit schnellen Blicken wagen,
Denn alles schien zu brennen und zu glühn.
Da schwebte, mit den Wolken hergetragen,
Ein göttlich Weib vor meinen Augen hin,
Kein schöner Bild sah ich in meinem Leben;
Sie sah mich an und blieb verweilend schweben.

Kennst du mich nicht? sprach sie mit einem
Munde,
Dem aller Lieb und Treue Ton entfloß:
Erkennst du mich, die ich in manche Wunde
Des Lebens dir den reinsten Balsam goß?
Du kennst mich wohl, an die zu ewgem
Bunde
Dein strebend Herz sich fest und fester
schloß.
Sah ich dich nicht mit heißen Herzenstränen
Als Knabe schon nach mir dich eifrig
sehnen?

Ja! rief ich aus, indem ich selig nieder
Zur Erde sank, lang hab ich dich gefühlt;
Du gabst mir Ruh, wenn durch die jungen
Glieder
Die Leidenschaft sich rastlos durchgewühlt:
Du hast mir, wie mit himmlischem Gefieder,
Am heißen Tag die Stirne sanft gekühlt;
Du schenktest mir der Erde beste Gaben,
Und jedes Glück will ich durch dich nur
haben!

Dich nenn ich nicht. Zwar hör ich dich von vielen
Gar oft genannt, und jeder heißt dich *sein*,
Ein jedes Auge glaubt auf dich zu zielen,
Fast jedem Auge wird dein Strahl zur Pein.
Ach, da ich irrte, hatt ich viel Gespielen,
Da ich dich kenne, bin ich fast allein;
Ich muß mein Glück nur mit mir selbst genießen,
Dein holdes Licht verdecken und verschließen.

Sie lächelte, sie sprach: Du siehst, wie klug,
Wie nötig war's, euch wenig zu enthüllen!
Kaum bist du sicher vor dem gröbsten Trug,
Kaum bist du Herr vom ersten Kinderwillen,
So glaubst du dich schon Übermensch genug,
Versäumst die Pflicht des Mannes zu erfüllen!
Wie viel bist du von andern unterschieden?
Erkenne dich, leb mit der Welt in Frieden!

Verzeih mir, rief ich aus, ich meint es gut;
Soll ich umsonst die Augen offen haben?

Ein froher Wille lebt in meinem Blut;
Ich kenne ganz den Wert von deinen Gaben!
Für andre wächst in mir das edle Gut,
Ich kann und will das Pfund nicht mehr
vergraben!
Warum sucht ich den Weg so sehnsuchtsvoll,
Wenn ich ihn nicht den Brüdern zeigen soll?

Und wie ich sprach, sah mich das hohe
Wesen
Mit einem Blick mitleidger Nachsicht an;
Ich konnte mich in ihrem Auge lesen,
Was ich verfehlt und was ich recht getan.
Sie lächelte, da war ich schon genesen,
Zu neuen Freuden stieg mein Geist heran;
Ich konnte nun mit innigem Vertrauen
Mich zu ihr nahn und ihre Nähe schauen.

Da reckte sie die Hand aus in die Streifen
Der leichten Wolken und des Dufts umher;
Wie sie ihn faßte, ließ er sich ergreifen,
Er ließ sich ziehn, es war kein Nebel mehr.
Mein Auge konnt im Tale wieder schweifen,
Gen Himmel blickt ich, er war hell und hehr.

Nur sah ich sie den reinsten Schleier halten,
Er floß um sie und schwoll in tausend
Falten.

Ich kenne dich, ich kenne deine Schwächen,
Ich weiß, was Gutes in dir lebt und glimmt!
– So sagte sie, ich hör sie ewig sprechen, –
Empfange hier, was ich dir lang bestimmt!
Dem Glücklichen kann es an nichts
gebrechen,
Der dies Geschenk mit stiller Seele nimmt:
Aus Morgenduft gewebt und
Sonnenklarheit,
Der Dichtung Schleier aus der Hand der
Wahrheit.

Und wenn es dir und deinen Freunden
schwüle
Am Mittag wird, so wirf ihn in die Luft!
Sogleich umsäuselt Abendwindes Kühle,
Umhaucht euch Blumen-Würzgeruch und
Duft.
Es schweigt das Wehen banger Erdgefühle,
Zum Wolkenbette wandelt sich die Gruft,

Besänftiget wird jede Lebenswelle,
Der Tag wird lieblich, und die Nacht wird
helle.

So kommt denn, Freunde, wenn auf euren
Wegen
Des Lebens Bürde schwer und schwerer
drückt,
Wenn eure Bahn ein frischerneuter Segen
Mit Blumen ziert, mit goldnen Früchten
schmückt,
Wir gehn vereint dem nächsten Tag
entgegen!
So leben wir, so wandeln wir beglückt.
Und dann auch soll, wenn Enkel um uns
trauern,
Zu ihrer Lust noch unsre Liebe dauern.

Lieder

VORKLAGE

Wie nimmt ein leidenschaftlich Stammeln
Geschrieben sich so seltsam aus!
Nun soll ich gar von Haus zu Haus
Die losen Blätter alle sammeln.

Was eine lange weite Strecke
Im Leben voneinander stand,
Das kommt nun unter *einer* Decke
Dem guten Leser in die Hand.

Doch schäme dich nicht der Gebrechen,
Vollende schnell das kleine Buch;
Die Welt ist voller Widerspruch,
Und sollte sich's nicht widersprechen?

AN DIE GÜNSTIGEN

Dichter lieben nicht zu schweigen,
Wollen sich der Menge zeigen;
Lob und Tadel muß ja sein!
Niemand beichtet gern in Prosa,
Doch vertraun wir oft sub Rosa
In der Musen stillem Hain.

Was ich irrte, was ich strebte,
Was ich litt und was ich lebte,
Sind hier Blumen nur im Strauß
Und das Alter wie die Jugend,
Und der Fehler wie die Tugend
Nimmt sich gut in Liedern aus.

HEIDENRÖSLEIN

Sah ein Knab ein Röslein stehn,
Röslein auf der Heiden,
War so jung und morgenschön,
Lief er schnell, es nah zu sehn,
Sah's mit vielen Freuden.
Röslein, Röslein, Röslein rot,
Röslein auf der Heiden.

Knabe sprach: Ich breche dich,
Röslein auf der Heiden!
Röslein sprach: Ich steche dich,
Daß du ewig denkst an mich,
Und ich will's nicht leiden.
Röslein, Röslein, Röslein rot,
Röslein auf der Heiden.

Und der wilde Knabe brach
's Röslein auf der Heiden;
Röslein wehrte sich und stach,
Half ihm doch kein Weh und Ach,
Mußt es eben leiden.
Röslein, Röslein, Röslein rot,
Röslein auf der Heiden.

BLINDE KUH

O liebliche Therese!
Wie wandelt gleich ins Böse
Dein offnes Auge sich!
Die Augen zugebunden,
Hast du mich schnell gefunden,
Und warum fingst du eben mich?

Du faßtest mich aufs beste
Und hieltest mich so feste,
Ich sank in deinen Schoß.
Kaum warst du aufgebunden,
War alle Lust verschwunden;
Du ließest kalt den Blinden los.

Er tappte hin und wieder,
Verrenkte fast die Glieder,
Und alle foppten ihn.
Und willst du mich nicht lieben,
So geh ich stets im Trüben,
Wie mit verbundnen Augen, hin.

GEFUNDEN

Ich ging im Walde
So für mich hin,
Und nichts zu suchen,
Das war mein Sinn.

Im Schatten sah ich
Ein Blümchen stehn,
Wie Sterne leuchtend,
Wie Äuglein schön.

Ich wollt es brechen,
Da sagt' es fein:
Soll ich zum Welken
Gebrochen sein?

Ich grub's mit allen
Den Würzlein aus,
Zum Garten trug ich's
Am hübschen Haus.

Und pflanzt es wieder
Am stillen Ort;
Nun zweigt es immer
Und blüht so fort.

BRAUTNACHT

Im Schlafgemach, entfernt vom Feste,
Sitzt Amor dir getreu und bebt,
Daß nicht die List mutwillger Gäste
Des Brautbetts Frieden untergräbt.
Es blinkt mit mystisch heilgem Schimmer
Vor ihm der Flammen blasses Gold;
Ein Weihrauchswirbel füllt das Zimmer,
Damit ihr recht genießen sollt.

Wie schlägt dein Herz beim Schlag der Stunde,
Der deiner Gäste Lärm verjagt;
Wie glühst du nach dem schönen Munde,
Der bald verstummt und nichts versagt!
Du eilst, um alles zu vollenden,
Mit ihr ins Heiligtum hinein;
Das Feuer in des Wächters Händen
Wird, wie ein Nachtlicht, still und klein.

Wie bebt vor deiner Küsse Menge
Ihr Busen und ihr voll Gesicht!
Zum Zittern wird nun ihre Strenge,

Denn deine Kühnheit wird zur Pflicht.
Schnell hilft dir Amor sie entkleiden
Und ist nicht halb so schnell als du;
Dann hält er schalkhaft und bescheiden
Sich fest die beiden Augen zu.

ERSTER VERLUST

Ach, wer bringt die schönen Tage,
Jene Tage der ersten Liebe,
Ach, wer bringt nur eine Stunde
Jener holden Zeit zurück!

Einsam nähr ich meine Wunde,
Und mit stets erneuter Klage
Traur' ich ums verlorne Glück.

Ach, wer bringt die schönen Tage,
Jene holde Zeit zurück!

DIE FREUDEN

Es flattert um die Quelle
Die wechselnde Libelle,
Mich freut sie lange schon;
Bald dunkel und bald helle,
Wie der Chamäleon,
Bald rot, bald blau,
Bald blau, bald grün;
O daß ich in der Nähe
Doch ihre Farben sähe!

Sie schwirrt und schwebet, rastet nie!
Doch still, sie setzt sich an die Weiden.
Da hab ich sie! Da hab ich sie!
Und nun betracht ich sie genau,
Und seh ein traurig dunkles Blau –
So geht es dir, Zergliedrer deiner Freuden!

BEHERZIGUNG

Ach, was soll der Mensch verlangen?
Ist es besser, ruhig bleiben?
Klammernd fest sich anzuhangen?
Ist es besser, sich zu treiben?

Soll er sich ein Häuschen bauen?
Soll er unter Zelten leben?
Soll er auf die Felsen trauen?
Selbst die festen Felsen beben.

Eines schickt sich nicht für alle!
Sehe jeder, wie er's treibe,
Sehe jeder, wo er bleibe,
Und wer steht, daß er nicht falle!

MUT

Sorglos über die Fläche weg,
Wo vom kühnsten Wager die Bahn
Dir nicht vorgegraben du siehst,
Mache dir selber Bahn!

Stille, Liebchen, mein Herz!
Kracht's gleich, bricht's doch nicht!
Bricht's gleich, bricht's nicht mit dir!

ERINNERUNG

Willst du immer weiter schweifen?
Sieh, das Gute liegt so nah.
Lerne nur das Glück ergreifen,
Denn das Glück ist immer da.

WILLKOMMEN UND ABSCHIED

Es schlug mein Herz, geschwind zu Pferde!
Es war getan, fast eh gedacht;
Der Abend wiegte schon die Erde,
Und an den Bergen hing die Nacht;
Schon stand im Nebelkleid die Eiche,
Ein aufgetürmter Riese, da,
Wo Finsternis aus dem Gesträuche
Mit hundert schwarzen Augen sah.

Der Mond von einem Wolkenhügel
Sah kläglich aus dem Duft hervor;
Die Winde schwangen leise Flügel,
Umsausten schauerlich mein Ohr;
Die Nacht schuf tausend Ungeheuer,
Doch frisch und fröhlich war mein Mut:
In meinen Adern, welches Feuer!
In meinem Herzen, welche Glut!

Dich sah ich, und die milde Freude
Floß von dem süßen Blick auf mich;
Ganz war mein Herz an deiner Seite
Und jeder Atemzug für dich.

Ein rosenfarbnes Frühlingswetter
Umgab das liebliche Gesicht,
Und Zärtlichkeit für mich – ihr Götter!
Ich hofft es, ich verdient es nicht!

Doch ach, schon mit der Morgensonne
Verengt der Abschied mir das Herz:
In deinen Küssen, welche Wonne!
In deinem Auge, welcher Schmerz!
Ich ging, du standst und sahst zur Erden
Und sahst mir nach mit nassem Blick;
Und doch, welch Glück, geliebt zu werden!
Und lieben, Götter, welch ein Glück!

NEUE LIEBE, NEUES LEBEN

Herz, mein Herz, was soll das geben?
Was bedränget dich so sehr?
Welch ein fremdes, neues Leben!
Ich erkenne dich nicht mehr.
Weg ist alles, was du liebtest,
Weg, warum du dich betrübtest,
Weg dein Fleiß und deine Ruh –
Ach, wie kamst du nur dazu?

Fesselt dich die Jugendblüte,
Diese liebliche Gestalt,
Dieser Blick voll Treu und Güte,
Mit unendlicher Gewalt?
Will ich rasch mich ihr entziehen,
Mich ermannen, ihr entfliehen,
Führet mich im Augenblick,
Ach, mein Weg zu ihr zurück.

Und an diesem Zauberfädchen,
Das sich nicht zerreißen läßt,
Hält das liebe, lose Mädchen
Mich so wider Willen fest;

Muß in ihrem Zauberkreise
Leben nun auf ihre Weise.
Die Verändrung, ach, wie groß!
Liebe! Liebe! laß mich los!

MAILIED

Wie herrlich leuchtet
Mir die Natur!
Wie glänzt die Sonne!
Wie lacht die Flur!

Es dringen Blüten
Aus jedem Zweig
Und tausend Stimmen
Aus dem Gesträuch,

Und Freud und Wonne
Aus jeder Brust.
O Erd, o Sonne,
O Glück, o Lust!

O Lieb, o Liebe!
So golden schön,
Wie Morgenwolken
Auf jenen Höhn!

Du segnest herrlich
Das frische Feld,

Im Blütendampfe
Die volle Welt.

O Mädchen, Mädchen,
Wie lieb ich dich!
Wie blinkt dein Auge!
Wie liebst du mich!

So liebt die Lerche
Gesang und Luft,
Und Morgenblumen
Den Himmelsduft,

Wie ich dich liebe
Mit warmem Blut,
Die du mir Jugend
Und Freud und Mut

Zu neuen Liedern
Und Tänzen gibst.
Sei ewig glücklich,
Wie du mich liebst!

RASTLOSE LIEBE

Dem Schnee, dem Regen,
Dem Wind entgegen,
Im Dampf der Klüfte,
Durch Nebeldüfte,
Immer zu! Immer zu!
Ohne Rast und Ruh!

Lieber durch Leiden
Möcht ich mich schlagen,
Als so viel Freuden
Des Lebens ertragen.
Alle das Neigen
Von Herzen zu Herzen,
Ach, wie so eigen
Schaffet das Schmerzen!

Wie soll ich fliehen?
Wälderwärts ziehen?
Alles vergebens!
Krone des Lebens,
Glück ohne Ruh,
Liebe, bist du!

NACHTGESANG

O gib vom weichen Pfühle,
Träumend, ein halb Gehör!
Bei meinem Saitenspiele
Schlafe! was willst du mehr?

Bei meinem Saitenspiele
Segnet der Sterne Heer
Die ewigen Gefühle;
Schlafe! was willst du mehr?

Die ewigen Gefühle
Heben mich, hoch und hehr,
Aus irdischem Gewühle;
Schlafe! was willst du mehr?

Vom irdischen Gewühle
Trennst du mich nur zu sehr,
Bannst mich in diese Kühle;
Schlafe! was willst du mehr?

Bannst mich in diese Kühle,
Gibst nur im Traum Gehör.
Ach, auf dem weichen Pfühle
Schlafe! was willst du mehr?

EIN GLEICHES

Über allen Gipfeln
Ist Ruh;
In allen Wipfeln
Spürest du
Kaum einen Hauch;
Die Vögelein schweigen im Walde.
Warte nur, balde
Ruhest du auch.

AN DEN MOND

Füllest wieder Busch und Tal
Still mit Nebelglanz,
Lösest endlich auch einmal
Meine Seele ganz;

Breitest über mein Gefild
Lindernd deinen Blick,
Wie des Freundes Auge mild
Über mein Geschick.

Jeden Nachklang fühlt mein Herz
Froh und trüber Zeit,
Wandle zwischen Freud und Schmerz
In der Einsamkeit.

Fließe, fließe, lieber Fluß!
Nimmer werd ich froh;
So verrauschte Scherz und Kuß
Und die Treue so.

Ich besaß es doch einmal,
Was so köstlich ist!

Daß man doch zu seiner Qual
Nimmer es vergißt!

Rausche, Fluß, das Tal entlang,
Ohne Rast und Ruh,
Rausche, flüstre meinem Sang
Melodien zu,

Wenn du in der Winternacht
Wütend überschwillst,
Oder um die Frühlingspracht
Junger Knospen quillst.

Selig, wer sich vor der Welt
Ohne Haß verschließt,
Einen Freund am Busen hält
Und mit dem genießt,

Was, von Menschen nicht gewußt,
Oder nicht bedacht,
Durch das Labyrinth der Brust
Wandelt in der Nacht.

VANITAS!
VANITATUM VANITAS!

Ich hab mein Sach auf nichts gestellt,
Juchhe!
Drum ist's so wohl mir in der Welt;
Juchhe!
Und wer will mein Kamerade sein,
Der stoße mit an, der stimme mit ein
Bei dieser Neige Wein.

Ich stellt mein Sach auf Geld und Gut,
Juchhe!
Darüber verlor ich Freud und Mut;
O weh!
Die Münze rollte hier und dort,
Und hascht ich sie an einem Ort,
Am andern war sie fort.

Auf Weiber stellt ich nun mein Sach,
Juchhe!
Daher mir kam viel Ungemach;
O weh!

Die Falsche sucht' sich ein ander Teil,
Die Treue macht' mir Langeweil,
Die Beste war nicht feil.

Ich stellt mein Sach auf Reis' und Fahrt,
Juchhe!
Und ließ meine Vaterlandesart;
O weh!
Und mir behagt' es nirgends recht,
Die Kost war fremd, das Bett war schlecht,
Niemand verstand mich recht.

Ich stellt mein Sach auf Ruhm und Ehr,
Juchhe!
Und sieh! gleich hatt ein andrer mehr;
O weh!
Wie ich mich hatt hervorgetan,
Da sahen die Leute scheel mich an,
Hatte keinem recht getan.

Ich setzt mein Sach auf Kampf und Krieg,
Juchhe!
Und uns gelang so mancher Sieg;
Juchhe!

Wir zogen in Feindes Land hinein,
Dem Freunde sollt's nicht viel besser sein,
Und ich verlor ein Bein.

Nun hab ich mein Sach auf nichts gestellt,
        Juchhe!
Und mein gehört die ganze Welt;
        Juchhe!
Zu Ende geht nun Sang und Schmaus.
Nur trinkt mir alle Neigen aus;
Die letzte muß heraus!

ZUM NEUEN JAHR

Zwischen dem Alten,
Zwischen dem Neuen
Hier uns zu freuen,
Schenkt uns das Glück,
Und das Vergangne
Heißt mit Vertrauen
Vorwärts zu schauen,
Schauen zurück.

Stunden der Plage,
Leider, sie scheiden
Treue von Leiden,
Liebe von Lust;
Bessere Tage
Sammeln uns wieder,
Heitere Lieder
Stärken die Brust.

Leiden und Freuden,
Jener verschwundnen,
Sind die Verbundnen
Fröhlich gedenk.

O des Geschickes
Seltsamer Windung!
Alte Verbindung,
Neues Geschenk!

Dankt es dem regen
Wogenden Glücke!
Dankt dem Geschicke
Männiglich Gut;
Freut euch des Wechsels
Heiterer Triebe,
Offener Liebe,
Heimlicher Glut!

Andere schauen
Deckende Falten
Über dem Alten
Traurig und scheu;
Aber uns leuchtet
Freundliche Treue;
Sehet, das Neue
Findet uns neu.

So wie im Tanze
Bald sich verschwindet,
Wieder sich findet
Liebendes Paar:
So durch des Lebens
Wirrende Beugung
Führe die Neigung
Uns in das Jahr.

LÄNDLICH

Die Nachtigall, sie war entfernt,
Der Frühling lockt sie wieder;
Was Neues hat sie nicht gelernt,
Singt alte, liebe Lieder.

EIN ANDRES

Geh! gehorche meinen Winken,
Nutze deine jungen Tage,
Lerne zeitig klüger sein.
Auf des Glückes großer Waage
Steht die Zunge selten ein;
Du mußt steigen oder sinken,
Du mußt herrschen und gewinnen,
Oder dienen und verlieren,
Leiden oder triumphieren,
Amboß oder Hammer sein.

FREISINN

Laßt mich nur auf meinem Sattel gelten!
Bleibt in euren Hütten, euren Zelten!
Und ich reite froh in alle Ferne,
Über meiner Mütze nur die Sterne.

Balladen

MIGNON I

Kennst du das Land, wo die Zitronen blühn,
Im dunkeln Laub die Goldorangen glühn,
Ein sanfter Wind vom blauen Himmel weht,
Die Myrte still und hoch der Lorbeer steht,
Kennst du es wohl? – Dahin! Dahin
Möcht ich mit dir, o mein Geliebter, ziehn.

Kennst du das Haus? Auf Säulen ruht sein Dach,
Es glänzt der Saal, es schimmert das Gemach,
Und Marmorbilder stehn und sehn mich an:
Was hat man dir, du armes Kind, getan?
Kennst du es wohl? – Dahin! Dahin
Möcht ich mit dir, o mein Beschützer, ziehn.

Kennst du den Berg und seinen Wolkensteg?
Das Maultier sucht im Nebel seinen Weg;
In Höhlen wohnt der Drachen alte Brut;
Es stürzt der Fels und über ihn die Flut,
Kennst du ihn wohl? – Dahin! Dahin
Geht unser Weg! o Vater, laß uns ziehn!

DER SÄNGER

Was hör ich draußen vor dem Tor,
Was auf der Brücke schallen?
Laß den Gesang vor unserm Ohr
Im Saale widerhallen!
Der König sprach's, der Page lief;
Der Knabe kam, der König rief:
Laßt mir herein den Alten!

Gegrüßet seid mir, edle Herrn,
Gegrüßt ihr, schöne Damen!
Welch reicher Himmel! Stern bei Stern!
Wer kennet ihre Namen?
Im Saal voll Pracht und Herrlichkeit
Schließt, Augen, euch; hier ist nicht Zeit,
Sich staunend zu ergetzen.

Der Sänger drückt' die Augen ein
Und schlug in vollen Tönen;
Die Ritter schauten mutig drein,
Und in den Schoß die Schönen.
Der König, dem das Lied gefiel,
Ließ, ihn zu ehren für sein Spiel,
Eine goldne Kette holen.

Die goldne Kette gib mir nicht,
Die Kette gib den Rittern,
Vor deren kühnem Angesicht
Der Feinde Lanzen splittern;
Gib sie dem Kanzler, den du hast,
Und laß ihn noch die goldne Last
Zu andern Lasten tragen.

Ich singe, wie der Vogel singt,
Der in den Zweigen wohnet;
Das Lied, das aus der Kehle dringt,
Ist Lohn, der reichlich lohnet.
Doch darf ich bitten, bitt ich eins:
Laß mir den besten Becher Weins
In purem Golde reichen.

Er setzt' ihn an, er trank ihn aus:
O Trank voll süßer Labe!
O wohl dem hochbeglückten Haus,
Wo das ist kleine Gabe!
Ergeht's euch wohl, so denkt an mich,
Und danket Gott so warm, als ich
Für diesen Trunk euch danke.

DAS VEILCHEN

Ein Veilchen auf der Wiese stand
Gebückt in sich und unbekannt;
Es war ein herzigs Veilchen.
Da kam eine junge Schäferin,
Mit leichtem Schritt und munterm Sinn,
Daher, daher,
Die Wiese her, und sang.

Ach! denkt das Veilchen, wär ich nur
Die schönste Blume der Natur,
Ach, nur ein kleines Weilchen,
Bis mich das Liebchen abgepflückt
Und an dem Busen mattgedrückt!
Ach nur, ach nur
Ein Viertelstündchen lang!

Ach! aber ach! das Mädchen kam
Und nicht in acht das Veilchen nahm,
Ertrat das arme Veilchen.
Es sank und starb und freut' sich noch:

Und sterb ich denn, so sterb ich doch
Durch sie, durch sie,
Zu ihren Füßen doch.

ERLKÖNIG

Wer reitet so spät durch Nacht und Wind?
Es ist der Vater mit seinem Kind;
Er hat den Knaben wohl in dem Arm,
Er faßt ihn sicher, er hält ihn warm.

»Mein Sohn, was birgst du so bang dein
Gesicht?« –
»Siehst, Vater, du den Erlkönig nicht?
Den Erlenkönig mit Kron und Schweif?« –
»Mein Sohn, es ist ein Nebelstreif.« –

›Du liebes Kind, komm, geh mit mir!
Gar schöne Spiele spiel ich mit dir;
Manch bunte Blumen sind an dem Strand,
Meine Mutter hat manch gülden Gewand.‹

»Mein Vater, mein Vater, und hörest du
nicht,
Was Erlenkönig mir leise verspricht?« –
»Sei ruhig, bleibe ruhig, mein Kind!
In dürren Blättern säuselt der Wind.« –

›Willst, feiner Knabe, du mit mir gehn?
Meine Töchter sollen dich warten schön;
Meine Töchter führen den nächtlichen Reihn
Und wiegen und tanzen und singen dich ein.‹ –

»Mein Vater, mein Vater, und siehst du nicht dort
Erlkönigs Töchter am düstern Ort?« –
»Mein Sohn, mein Sohn, ich seh es genau:
Es scheinen die alten Weiden so grau.« –

›Ich liebe dich, mich reizt deine schöne Gestalt;
Und bist du nicht willig, so brauch ich Gewalt.‹ –
»Mein Vater, mein Vater, jetzt faßt er mich an!
Erlkönig hat mir ein Leids getan!« –

Dem Vater grauset's, er reitet geschwind,
Er hält in Armen das ächzende Kind,
Erreicht den Hof mit Mühe und Not;
In seinen Armen das Kind war tot.

DER FISCHER

Das Wasser rauscht', das Wasser schwoll,
Ein Fischer saß daran,
Sah nach dem Angel ruhevoll,
Kühl bis ans Herz hinan.
Und wie er sitzt und wie er lauscht,
Teilt sich die Flut empor:
Aus dem bewegten Wasser rauscht
Ein feuchtes Weib hervor.

Sie sang zu ihm, sie sprach zu ihm:
Was lockst du meine Brut
Mit Menschenwitz und Menschenlist
Hinauf in Todesglut?
Ach, wüßtest du, wie's Fischlein ist
So wohlig auf dem Grund,
Du stiegst herunter, wie du bist,
Und würdest erst gesund.

Labt sich die liebe Sonne nicht,
Der Mond sich nicht im Meer?
Kehrt wellenatmend ihr Gesicht
Nicht doppelt schöner her?

Lockt dich der tiefe Himmel nicht,
Das feuchtverklärte Blau?
Lockt dich dein eigen Angesicht
Nicht her in ewgen Tau?

Das Wasser rauscht', das Wasser schwoll,
Netzt' ihm den nackten Fuß;
Sein Herz wuchs ihm so sehnsuchtsvoll,
Wie bei der Liebsten Gruß.
Sie sprach zu ihm, sie sang zu ihm;
Da war's um ihn geschehn:
Halb zog sie ihn, halb sank er hin
Und ward nicht mehr gesehn.

DER KÖNIG IN THULE

Es war ein König in Thule,
Gar treu bis an das Grab,
Dem sterbend seine Buhle
Einen goldnen Becher gab.

Es ging ihm nichts darüber,
Er leert' ihn jeden Schmaus;
Die Augen gingen ihm über,
So oft er trank daraus.

Und als er kam zu sterben,
Zählt' er seine Städt im Reich,
Gönnt' alles seinem Erben,
Den Becher nicht zugleich.

Er saß beim Königsmahle,
Die Ritter um ihn her,
Auf hohem Vätersaale
Dort auf dem Schloß am Meer.

Dort stand der alte Zecher,
Trank letzte Lebensglut

Und warf den heilgen Becher
Hinunter in die Flut.

Er sah ihn stürzen, trinken
Und sinken tief ins Meer.
Die Augen täten ihm sinken.
Trank nie einen Tropfen mehr.

DER SCHATZGRÄBER

Arm am Beutel, krank am Herzen
Schleppt ich meine langen Tage.
Armut ist die größte Plage,
Reichtum ist das höchste Gut!
Und, zu enden meine Schmerzen,
Ging ich, einen Schatz zu graben.
Meine Seele sollst du haben!
Schrieb ich hin mit eignem Blut.

Und so zog ich Kreis' um Kreise,
Stellte wunderbare Flammen,
Kraut und Knochenwerk zusammen:
Die Beschwörung war vollbracht.
Und auf die gelernte Weise
Grub ich nach dem alten Schatze
Auf dem angezeigten Platze;
Schwarz und stürmisch war die Nacht.

Und ich sah ein Licht von weiten,
Und es kam gleich einem Sterne
Hinten aus der fernsten Ferne,
Eben als es zwölfe schlug.

Und da galt kein Vorbereiten;
Heller ward's mit einem Male
Von dem Glanz der vollen Schale,
Die ein schöner Knabe trug.

Holde Augen sah ich blinken
Unter dichtem Blumenkranze;
In des Trankes Himmelsglanze
Trat er in den Kreis herein.
Und er hieß mich freundlich trinken;
Und ich dacht: es kann der Knabe
Mit der schönen lichten Gabe
Wahrlich nicht der Böse sein.

Trinke Mut des reinen Lebens!
Dann verstehst du die Belehrung,
Kommst mit ängstlicher Beschwörung
Nicht zurück an diesen Ort.
Grabe hier nicht mehr vergebens!
Tages Arbeit, abends Gäste!
Saure Wochen, frohe Feste!
Sei dein künftig Zauberwort.

Der Türmer, der schaut zu mitten der
Nacht
Hinab auf die Gräber in Lage;
Der Mond, der hat alles ins Helle gebracht:
Der Kirchhof, er liegt wie am Tage.
Da regt sich ein Grab und ein anderes dann:
Sie kommen hervor, ein Weib da, ein Mann,
In weißen und schleppenden Hemden.

Das reckt nun, es will sich ergetzen sogleich,
Die Knöchel zur Runde, zum Kranze,
So arm und so jung und so alt und so reich;
Doch hindern die Schleppen am Tanze.
Und weil hier die Scham nun nicht weiter
gebeut,
Sie schütteln sich alle: da liegen zerstreut
Die Hemdelein über den Hügeln.

Nun hebt sich der Schenkel, nun wackelt das
Bein,
Gebärden da gibt es, vertrackte;

Dann klippert's und klappert's mitunter
hinein,
Als schlüg man die Hölzlein zum Takte.
Das kommt nun dem Türmer so lächerlich
vor;
Da raunt ihm der Schalk, der Versucher, ins
Ohr:
Geh! hole dir einen der Laken.

Getan wie gedacht! und er flüchtet sich
schnell
Nun hinter geheiligte Türen.
Der Mond, und noch immer er scheinet so
hell
Zum Tanz, den sie schauderlich führen.
Doch endlich verlieret sich dieser und der,
Schleicht eins nach dem andern gekleidet
einher,
Und husch! ist es unter dem Rasen.

Nur einer, der trippelt und stolpert zuletzt
Und tappet und grapst an den Grüften;
Doch hat kein Geselle so schwer ihn
verletzt,

Er wittert das Tuch in den Lüften.
Er rüttelt die Turmtür, sie schlägt ihn
zurück,
Geziert und gesegnet, dem Türmer zum
Glück:
Sie blinkt von metallenen Kreuzen.

Das Hemd muß er haben, da rastet er nicht,
Da gilt auch kein langes Besinnen,
Den gotischen Zierat ergreift nun der Wicht
Und klettert von Zinne zu Zinnen.
Nun ist's um den armen, den Türmer getan!
Es ruckt sich von Schnörkel zu Schnörkel
hinan,
Langbeinigen Spinnen vergleichbar.

Der Türmer erbleichet, der Türmer erbebt,
Gern gäb er ihn wieder, den Laken.
Da häkelt – jetzt hat er am längsten gelebt –
Den Zipfel ein eiserner Zacken.
Schon trübet der Mond sich
verschwindenden Scheins,
Die Glocke, sie donnert ein mächtiges Eins,
Und unten zerschellt das Gerippe.

Hat der alte Hexenmeister
Sich doch einmal wegbegeben!
Und nun sollen seine Geister
Auch nach meinem Willen leben.
Seine Wort' und Werke
Merkt ich und den Brauch,
Und mit Geistesstärke
Tu ich Wunder auch.

Walle! walle
Manche Strecke
Daß, zum Zwecke,
Wasser fließe
Und mit reichem, vollem Schwalle
Zu dem Bade sich ergieße.

Und nun komm, du alter Besen,
Nimm die schlechten Lumpenhüllen!
Bist schon lange Knecht gewesen;
Nun erfülle meinen Willen!
Auf zwei Beinen stehe,
Oben sei ein Kopf!

Eile nun und gehe
Mit dem Wassertopf!

Walle! walle
Manche Strecke,
Daß, zum Zwecke,
Wasser fließe
Und mit reichem, vollem Schwalle
Zu dem Bade sich ergieße.

Seht, er läuft zum Ufer nieder;
Wahrlich! ist schon an dem Flusse,
Und mit Blitzesschnelle wieder
Ist er hier mit raschem Gusse.
Schon zum zweitenmale!
Wie das Becken schwillt!
Wie sich jede Schale
Voll mit Wasser füllt!

Stehe! stehe!
Denn wir haben
Deiner Gaben

Vollgemessen! –
Ach, ich merk es! Wehe! wehe!
Hab ich doch das Wort vergessen!

Ach, das Wort, worauf am Ende
Er das wird, was er gewesen.
Ach, er läuft und bringt behende!
Wärst du doch der alte Besen!
Immer neue Güsse
Bringt er schnell herein,
Ach, und hundert Flüsse
Stürzen auf mich ein.

Nein, nicht länger
Kann ich's lassen;
Will ihn fassen.
Das ist Tücke!
Ach, nun wird mir immer bänger!
Welche Miene! welche Blicke!

O du Ausgeburt der Hölle!
Soll das ganze Haus ersaufen?
Seh ich über jede Schwelle
Doch schon Wasserströme laufen.

Ein verruchter Besen,
Der nicht hören will!
Stock, der du gewesen,
Steh doch wieder still!

Willst's am Ende
Gar nicht lassen?
Will dich fassen,
Will dich halten
Und das alte Holz behende
Mit dem scharfen Beile spalten.

Seht, da kommt er schleppend wieder!
Wie ich mich nun auf dich werfe,
Gleich, o Kobold, liegst du nieder;
Krachend trifft die glatte Schärfe.
Wahrlich, brav getroffen!
Seht, er ist entzwei!
Und nun kann ich hoffen,
Und ich atme frei!

Wehe! wehe!
Beide Teile
Stehn in Eile

Schon als Knechte
Völlig fertig in die Höhe!
Helft mir, ach! ihr hohen Mächte!

Und sie laufen! Naß und nässer
Wird's im Saal und auf den Stufen;
Welch entsetzliches Gewässer!
Herr und Meister! hör mich rufen! –
Ach, da kommt der Meister!
Herr, die Not ist groß!
Die ich rief, die Geister
Werd ich nun nicht los.

»In die Ecke,
Besen! Besen!
Seid's gewesen.
Denn als Geister
Ruft euch nur, zu seinem Zwecke,
Erst hervor der alte Meister.«

DER GOTT UND DIE BAJADERE

Indische Legende

Mahadöh, der Herr der Erde,
Kommt herab zum sechstenmal,
Daß er unsersgleichen werde,
Mitzufühlen Freud und Qual.
Er bequemt sich, hier zu wohnen,
Läßt sich alles selbst geschehn;
Soll er strafen oder schonen,
Muß er Menschen menschlich sehn.
Und hat er die Stadt sich als Wandrer betrachtet,
Die Großen belauert, auf Kleine geachtet,
Verläßt er sie abends, um weiter zu gehn.

Als er nun hinausgegangen,
Wo die letzten Häuser sind,
Sieht er, mit gemalten Wangen,
Ein verlornes schönes Kind:
Grüß dich, Jungfrau! – Dank der Ehre!
Wart, ich komme gleich hinaus –
Und wer bist du? – Bajadere,
Und dies ist der Liebe Haus.

Sie rührt sich, die Zimbeln zum Tanze zu schlagen;
Sie weiß sich so lieblich im Kreise zu tragen,
Sie neigt sich und biegt sich und reicht ihm den Strauß.

Schmeichelnd zieht sie ihn zur Schwelle,
Lebhaft ihn ins Haus hinein.
Schöner Fremdling, lampenhelle
Soll sogleich die Hütte sein.
Bist du müd, ich will dich laben,
Lindern deiner Füße Schmerz.
Was du willst, das sollst du haben,
Ruhe, Freuden oder Scherz.
Sie lindert geschäftig geheuchelte Leiden.
Der Göttliche lächelt; er siehet mit Freuden
Durch tiefes Verderben ein menschliches Herz.

Und er fordert Sklavendienste;
Immer heitrer wird sie nur,
Und des Mädchens frühe Künste
Werden nach und nach Natur.
Und so stellet auf die Blüte

Bald und bald die Frucht sich ein;
Ist Gehorsam im Gemüte,
Wird nicht fern die Liebe sein.
Aber, sie schärfer und schärfer zu prüfen,
Wählet der Kenner der Höhen und Tiefen
Lust und Entsetzen und grimmige Pein.

Und er küßt die bunten Wangen,
Und sie fühlt der Liebe Qual,
Und das Mädchen steht gefangen,
Und sie weint zum erstenmal;
Sinkt zu seinen Füßen nieder,
Nicht um Wollust noch Gewinst,
Ach! und die gelenken Glieder,
Sie versagen allen Dienst.
Und so zu des Lagers vergnüglicher Feier
Bereiten den dunkeln behaglichen Schleier
Die nächtlichen Stunden, das schöne
Gespinst.

Spät entschlummert unter Scherzen,
Früh erwacht nach kurzer Rast,
Findet sie an ihrem Herzen
Tot den vielgeliebten Gast.

Schreiend stürzt sie auf ihn nieder,
Aber nicht erweckt sie ihn,
Und man trägt die starren Glieder
Bald zur Flammengrube hin.
Sie höret die Priester, die Totengesänge,
Sie raset und rennet und teilet die Menge.
Wer bist du? was drängt zu der Grube dich hin?

Bei der Bahre stürzt sie nieder,
Ihr Geschrei durchdringt die Luft:
Meinen Gatten will ich wieder!
Und ich such ihn in der Gruft.
Soll zu Asche mir zerfallen
Dieser Glieder Götterpracht?
Mein! er war es, mein vor allen!
Ach, nur *eine* süße Nacht!
Es singen die Priester: Wir tragen die Alten,
Nach langem Ermatten und spätem Erkalten,
Wir tragen die Jugend, noch eh sie's gedacht.

Höre deiner Priester Lehre:
Dieser war dein Gatte nicht.
Lebst du doch als Bajadere,

Und so hast du keine Pflicht.
Nur dem Körper folgt der Schatten
In das stille Totenreich;
Nur die Gattin folgt dem Gatten:
Das ist Pflicht und Ruhm zugleich.
Ertöne, Drommete, zu heiliger Klage!
O nehmet, ihr Götter! die Zierde der Tage,
O nehmet den Jüngling in Flammen zu euch!

So das Chor, das ohn Erbarmen
Mehret ihres Herzens Not;
Und mit ausgestreckten Armen
Springt sie in den heißen Tod.
Doch der Götter-Jüngling hebet
Aus der Flamme sich empor,
Und in seinen Armen schwebet
Die Geliebte mit hervor.
Es freut sich die Gottheit der reuigen Sünder;
Unsterbliche heben verlorene Kinder
Mit feurigen Armen zum Himmel empor.

Betrachtungen

ZUM SEHEN GEBOREN

Zum Sehen geboren,
Zum Schauen bestellt,
Dem Turme geschworen,
Gefällt mir die Welt.
Ich blick' in die Ferne,
Ich seh' in der Näh'
Den Mond und die Sterne,
Den Wald und das Reh.
So seh' ich in allen
Die ewige Zier,
Und wie mir's gefallen,
Gefall' ich auch mir.
Ihr glücklichen Augen,
Was je ihr gesehn,
Es sei wie es wolle,
Es war doch so schön!

MAHOMETS GESANG

Seht den Felsenquell,
Freudehell,
Wie ein Sternenblick;
Über Wolken
Nährten seine Jugend
Gute Geister
Zwischen Klippen im Gebüsch.

Jünglingfrisch
Tanzt er aus der Wolke
Auf die Marmorfelsen nieder,
Jauchzet wieder
Nach dem Himmel.

Durch die Gipfelgänge
Jagt er bunten Kieseln nach,
Und mit frühem Führertritt
Reißt er seine Bruderquellen
Mit sich fort.

Drunten werden in dem Tal
Unter seinem Fußtritt Blumen,

Und die Wiese
Lebt von seinem Hauch.

Doch ihn hält kein Schattental,
Keine Blumen,
Die ihm seine Knie umschlingen,
Ihm mit Liebesaugen schmeicheln:
Nach der Ebne dringt sein Lauf,
Schlangenwandelnd.

Bäche schmiegen
Sich gesellig an. Nun tritt er
In die Ebne silberprangend,
Und die Ebne prangt mit ihm,
Und die Flüsse von der Ebne
Und die Bäche von den Bergen
Jauchzen ihm und rufen: Bruder!
Bruder, nimm die Brüder mit,
Mit zu deinem alten Vater,
Zu dem ewgen Ozean,
Der mit ausgespannten Armen
Unser wartet,
Die sich, ach! vergebens öffnen,
Seine Sehnenden zu fassen;

Denn uns frißt in öder Wüste
Gierger Sand; die Sonne droben
Saugt an unserm Blut; ein Hügel
Hemmet uns zum Teiche! Bruder,
Nimm die Brüder von der Ebne,
Nimm die Brüder von den Bergen
Mit, zu deinem Vater mit!

Kommt ihr alle! –
Und nun schwillt er
Herrlicher; ein ganz Geschlechte
Trägt den Fürsten hoch empor!
Und im rollenden Triumphe
Gibt er Ländern Namen, Städte
Werden unter seinem Fuß.

Unaufhaltsam rauscht er weiter,
Läßt der Türme Flammengipfel,
Marmorhäuser, eine Schöpfung
Seiner Fülle, hinter sich.

Zedernhäuser trägt der Atlas
Auf den Riesenschultern; sausend
Wehen über seinem Haupte

Tausend Flaggen durch die Lüfte,
Zeugen seiner Herrlichkeit.

Und so trägt er seine Brüder,
Seine Schätze, seine Kinder
Dem erwartenden Erzeuger
Freudebrausend an das Herz.

GESANG DER GEISTER ÜBER DEN WASSERN

Des Menschen Seele
Gleicht dem Wasser:
Vom Himmel kommt es,
Zum Himmel steigt es,
Und wieder nieder
Zur Erde muß es,
Ewig wechselnd.

Strömt von der hohen,
Steilen Felswand
Der reine Strahl,
Dann stäubt er lieblich
In Wolkenwellen
Zum glatten Fels,
Und leicht empfangen,
Wallt er verschleiernd,
Leisrauschend
Zur Tiefe nieder.

Ragen Klippen
Dem Sturz entgegen,

Schäumt er unmutig
Stufenweise
Zum Abgrund.

Im flachen Bette
Schleicht er das Wiesental hin,
Und in dem glatten See
Weiden ihr Antlitz
Alle Gestirne.

Wind ist der Welle
Lieblicher Buhler;
Wind mischt vom Grund aus
Schäumende Wogen.

Seele des Menschen,
Wie gleichst du dem Wasser!
Schicksal des Menschen,
Wie gleichst du dem Wind!

MEINE GÖTTIN

Welcher Unsterblichen
Soll der höchste Preis sein?
Mit niemand streit ich,
Aber ich geb ihn
Der ewig beweglichen,
Immer neuen,
Seltsamsten Tochter Jovis,
Seinem Schoßkinde,
Der Phantasie.

Denn ihr hat er
Alle Launen,
Die er sonst nur allein
Sich vorbehält,
Zugestanden
Und hat seine Freude
An der Törin.

Sie mag rosenbekränzt
Mit dem Lilienstengel
Blumentäler betreten,
Sommervögeln gebieten

Und leicht nährenden Tau
Mit Bienenlippen
Von Blüten saugen;

Oder sie mag
Mit fliegendem Haar
Und düsterm Blicke
Im Winde sausen
Um Felsenwände
Und tausendfarbig,
Wie Morgen und Abend,
Immer wechselnd
Wie Mondesblicke,
Den Sterblichen scheinen.

Laßt uns alle
Den Vater preisen!
Den alten, hohen,
Der solch eine schöne
Unverwelkliche Gattin
Dem sterblichen Menschen
Gesellen mögen!

Denn uns allein
Hat er sie verbunden
Mit Himmelsband
Und ihr geboten,
In Freud und Elend
Als treue Gattin
Nicht zu entweichen.

Alle die andern
Armen Geschlechter
Der kinderreichen
Lebendigen Erde
Wandeln und weiden
In dunkelm Genuß
Und trüben Schmerzen
Des augenblicklichen
Beschränkten Lebens,
Gebeugt vom Joche
Der Notdurft.

Uns aber hat er
Seine gewandteste,
Verzärtelte Tochter,
Freut euch! gegönnt.

Begegnet ihr lieblich,
Wie einer Geliebten!
Laßt ihr die Würde
Der Frauen im Haus!

Und daß die alte
Schwiegermutter Weisheit
Das zarte Seelchen
Ja nicht beleidge!

Doch kenn ich ihre Schwester,
Die ältere, gesetztere,
Meine stille Freundin:
O daß die erst
Mit dem Lichte des Lebens
Sich von mir wende,
Die edle Treiberin,
Trösterin, Hoffnung!

GRENZEN DER MENSCHHEIT

Wenn der uralte,
Heilige Vater
Mit gelassener Hand
Aus rollenden Wolken
Segnende Blitze
Über die Erde sät,
Küß ich den letzten
Saum seines Kleides,
Kindliche Schauer
Treu in der Brust.

Denn mit Göttern
Soll sich nicht messen
Irgend ein Mensch.
Hebt er sich aufwärts
Und berührt
Mit dem Scheitel die Sterne,
Nirgends haften dann
Die unsichern Sohlen,
Und mit ihm spielen
Wolken und Winde.

Steht er mit festen,
Markigen Knochen
Auf der wohlgegründeten
Dauernden Erde,
Reicht er nicht auf,
Nur mit der Eiche
Oder der Rebe
Sich zu vergleichen.

Was unterscheidet
Götter von Menschen?
Daß viele Wellen
Vor jenen wandeln,
Ein ewiger Strom:
Uns hebt die Welle,
Verschlingt die Welle,
Und wir versinken.

Ein kleiner Ring
Begrenzt unser Leben,
Und viele Geschlechter
Reihen sich dauernd
An ihres Daseins
Unendliche Kette.

DAS GÖTTLICHE

Edel sei der Mensch,
Hilfreich und gut!
Denn das allein
Unterscheidet ihn
Von allen Wesen,
Die wir kennen.

Heil den unbekannten
Höhern Wesen,
Die wir ahnen!
Ihnen gleiche der Mensch;
Sein Beispiel lehr uns
Jene glauben.

Denn unfühlend
Ist die Natur:
Es leuchtet die Sonne
Über Bös' und Gute,
Und dem Verbrecher
Glänzen, wie dem Besten,
Der Mond und die Sterne.

Wind und Ströme,
Donner und Hagel
Rauschen ihren Weg
Und ergreifen
Vorübereilend
Einen um den andern.

Auch so das Glück
Tappt unter die Menge,
Faßt bald des Knaben
Lockige Unschuld,
Bald auch den kahlen
Schuldigen Scheitel.

Nach ewigen, ehrnen,
Großen Gesetzen
Müssen wir alle
Unseres Daseins
Kreise vollenden.

Nur allein der Mensch
Vermag das Unmögliche;
Er unterscheidet,
Wählet und richtet;

Er kann dem Augenblick
Dauer verleihen.

Er allein darf
Den Guten lohnen,
Den Bösen strafen,
Heilen und retten,
Alles Irrende, Schweifende
Nützlich verbinden.

Und wir verehren
Die Unsterblichen,
Als wären sie Menschen,
Täten im großen,
Was der Beste im kleinen
Tut oder möchte.

Der edle Mensch
Sei hilfreich und gut!
Unermüdet schaff er
Das Nützliche, Rechte,
Sei uns ein Vorbild
Jener geahneten Wesen!

MIGNON II

Nur wer die Sehnsucht kennt,
Weiß, was ich leide!
Allein und abgetrennt
Von aller Freude,
Seh ich ans Firmament
Nach jener Seite.

Ach! der mich liebt und kennt,
Ist in der Weite.
Es schwindelt mir, es brennt
Mein Eingeweide.
Nur wer die Sehnsucht kennt,
Weiß, was ich leide!

HARFENSPIELER

Wer nie sein Brot mit Tränen aß,
Wer nie die kummervollen Nächte
Auf seinem Bette weinend saß,
Der kennt euch nicht, ihr himmlischen Mächte.

Ihr führt ins Leben uns hinein,
Ihr laßt den Armen schuldig werden,
Dann überlaßt ihr ihn der Pein;
Denn alle Schuld rächt sich auf Erden.

PHILINE

Singet nicht in Trauertönen
Von der Einsamkeit der Nacht;
Nein, sie ist, o holde Schönen,
Zur Geselligkeit gemacht.

Wie das Weib dem Mann gegeben
Als die schönste Hälfte war,
Ist die Nacht das halbe Leben,
Und die schönste Hälfte zwar.

Könnt ihr euch des Tages freuen,
Der nur Freuden unterbricht?
Er ist gut, sich zu zerstreuen;
Zu was anderm taugt er nicht.

Aber wenn in nächtger Stunde
Süßer Lampe Dämmrung fließt,
Und vom Mund zum nahen Munde
Scherz und Liebe sich ergießt;

Wenn der rasche lose Knabe,
Der sonst wild und feurig eilt,

Oft bei einer kleinen Gabe
Unter leichten Spielen weilt;

Wenn die Nachtigall Verliebten
Liebevoll ein Liedchen singt,
Das Gefangnen und Betrübten
Nur wie Ach und Wehe klingt:

Mit wie leichtem Herzensregen
Horchet ihr der Glocke nicht,
Die mit zwölf bedächtgen Schlägen
Ruh und Sicherheit verspricht!

Darum an dem langen Tage
Merke dir es, liebe Brust:
Jeder Tag hat seine Plage,
Und die Nacht hat ihre Lust.

WENN IHRS NICHT FÜHLT

Wenn ihrs nicht fühlt, ihr werdets nicht
erjagen,
Wenns euch nicht aus der Seele dringt
Und mit urkräftigem Behagen
Die Herzen aller Hörer zwingt.

WENN IN WÄLDERN BAUM AN BÄUMEN

Wenn in Wäldern Baum an Bäumen,
Bruder sich mit Bruder nähret,
Sei das Wandern, sei das Träumen
Unverwehrt und ungestöret;
Doch wo einzelne Gesellen
Zierlich miteinander streben,
Sich zum schönen Ganzen stellen,
Das ist Freude, das ist Leben.

GEDICHTE

Gedichte sind gemalte Fensterscheiben!
Sieht man vom Markt in die Kirche hinein,
Da ist alles dunkel und düster;
Und so sieht's auch der Herr Philister:
Der mag denn wohl verdrießlich sein
Und lebenslang verdrießlich bleiben.

Kommt aber nur einmal herein,
Begrüßt die heilige Kapelle!
Da ist's auf einmal farbig helle,
Geschicht und Zierat glänzt in Schnelle,
Bedeutend wirkt ein edler Schein;
Dies wird euch Kindern Gottes taugen,
Erbaut euch und ergötzt die Augen!

SÉANCE

Hier ist's, wo unter eignem Namen
Die Buchstaben sonst zusammenkamen.
Mit Scharlachkleidern angetan,
Saßen die Selbstlauter obenan:
A, E, I, O und U dabei,
Machten gar ein seltsam Geschrei.
Die Mitlauter kamen mit steifen Schritten,
Mußten erst um Erlaubnis bitten.
Präsident A war ihnen geneigt;
Da wurd ihnen denn der Platz gezeigt;
Andre aber, die mußten stehn,
Als Pe-Ha und Te-Ha und solches Getön.
Da gab's ein Gerede, man weiß nicht, wie:
Das nennt man eine Akademie.

REZENSENT

Da hatt ich einen Kerl zu Gast,
Er war mir eben nicht zur Last;
Ich hatt just mein gewöhnlich Essen,
Hat sich der Kerl pumpsatt gefressen,
Zum Nachtisch, was ich gespeichert hatt.
Und kaum ist mir der Kerl so satt,
Tut ihn der Teufel zum Nachbar führen,
Über mein Essen zu räsonieren:
»Die Supp hätt können gewürzter sein,
Der Braten brauner, firner der Wein.«
Der Tausendsakerment!
Schlagt ihn tot, den Hund! Es ist ein
Rezensent.

AXIOM

Freund, wer ein Lump ist, bleibt ein Lump,
Zu Wagen, Pferd und Fuße;

Drum glaub an keinen Lumpen je;
An keines Lumpen Buße.
Bin ich für 'ne Sache eingenommen,
Die Welt, denk ich, muß mit mir kommen;
Doch welch ein Greuel muß mir erscheinen,
Wenn Lumpe sich wollen mit mir vereinen!

Für und wider zu dieser Stunde
Quengelt ihr schon seit vielen Jahren;
Was ich getan, ihr Lumpenhunde,
Werdet ihr nimmermehr erfahren.

»So sei doch höflich!« – Höflich mit dem Pack?
Mit Seide näht man keinen groben Sack.

Sich im Respekt zu erhalten,
Muß man recht borstig sein.
Alles jagt man mit Falken,
Nur nicht das wilde Schwein.

NATUR UND KUNST

Natur und Kunst, sie scheinen sich zu fliehen
Und haben sich, eh man es denkt, gefunden;
Der Widerwille ist auch mir verschwunden,
Und beide scheinen gleich mich anzuziehen.

Es gilt wohl nur ein redliches Bemühen!
Und wenn wir erst in abgemeßnen Stunden
Mit Geist und Fleiß uns an die Kunst gebunden,
Mag frei Natur im Herzen wieder glühen.

So ist's mit aller Bindung auch beschaffen:
Vergebens werden ungebundne Geister
Nach der Vollendung reiner Höhe streben.

Wer Großes will, muß sich zusammenraffen;
In der Beschränkung zeigt sich erst der Meister,
Und das Gesetz nur kann uns Freiheit geben.

ΔΑΙΜΩΝ, Dämon

Wie an dem Tag, der dich der Welt
verliehen,
Die Sonne stand zum Gruße der Planeten,
Bist alsobald und fort und fort gediehen
Nach dem Gesetz, wonach du angetreten.
So mußt du sein, dir kannst du nicht
entfliehen,
So sagten schon Sibyllen, so Propheten;
Und keine Zeit und keine Macht zerstückelt
Geprägte Form, die lebend sich entwickelt.

ΤΥΧΗ, das Zufällige

Die strenge Grenze doch umgeht gefällig
Ein Wandelndes, das mit und um uns
wandelt;
Nicht einsam bleibst du, bildest dich gesellig
Und handelst wohl so wie ein andrer
handelt.
Im Leben ist's bald hin- bald wiederfällig,
Es ist ein Tand und wird so durchgetandelt.

Schon hat sich still der Jahre Kreis geründet,
Die Lampe harrt der Flamme, die
entzündet.

ΕΡΩΣ, Liebe

Die bleibt nicht aus! – Er stürzt vom
Himmel nieder,
Wohin er sich aus alter Öde schwang,
Er schwebt heran auf luftigem Gefieder
Um Stirn und Brust den Frühlingstag
entlang,
Scheint jetzt zu fliehn, vom Fliehen kehrt er
wieder,
Da wird ein Wohl im Weh, so süß und bang.
Gar manches Herz verschwebt im
Allgemeinen,
Doch widmet sich das edelste dem Einen.

ΑΝΑΓΚΗ, Nötigung

Da ist's denn wieder, wie die Sterne wollten:
Bedingung und Gesetz und aller Wille
Ist nur ein Wollen, weil wir eben sollten,
Und vor dem Willen schweigt die Willkür
stille;

Das Liebste wird vom Herzen
weggescholten,
Dem harten Muß bequemt sich Will und
Grille.
So sind wir scheinfrei denn nach manchen
Jahren
Nur enger dran, als wir am Anfang waren.

ΕΛΠΙΣ, Hoffnung

Doch solcher Grenze, solcher ehrnen Mauer
Höchst widerwärtge Pforte wird entriegelt,
Sie stehe nur mit alter Felsendauer!
Ein Wesen regt sich leicht und ungezügelt:
Aus Wolkendecke, Nebel, Regenschauer
Erhebt sie uns, mit ihr, durch sie beflügelt,
Ihr kennt sie wohl, sie schwärmt durch alle
Zonen:
Ein Flügelschlag – und hinter uns Äonen!

LESEBUCH

Wunderlichstes Buch der Bücher
Ist das Buch der Liebe;
Aufmerksam hab ich's gelesen:
Wenig Blätter Freuden,
Ganze Hefte Leiden;
Einen Abschnitt macht die Trennung.
Wiedersehn: ein klein Kapitel,
Fragmentarisch. Bände Kummers,
Mit Erklärungen verlängert,
Endlos, ohne Maß.
O Nisami! – Doch am Ende
Hast den rechten Weg gefunden;
Unauflösliches, wer löst es?
Liebende, sich wiederfindend.

WAS WIRD MIR JEDE STUNDE SO BANG?

Was wird mir jede Stunde so bang? –
Das Leben ist kurz, der Tag ist lang.
Und immer sehnt sich fort das Herz.
Ich weiß nicht recht, ob himmelwärts;
Fort aber will es, hin und hin,
Und möchte vor sich selber fliehn.
Und fliegt es an der Liebsten Brust,
Da ruht's im Himmel unbewußt;
Der Lebe-Strudel reißt es fort,
Und immer hängt's an *einem* Ort;
Was es gewollt, was es verlor;
Es bleibt zuletzt sein eigner Tor.

MÄRKTE REIZEN DICH ZUM KAUF

Märkte reizen dich zum Kauf;
Doch das Wissen blähet auf.
Wer im stillen um sich schaut,
Lernet, wie die Lieb erbaut.
Bist du Tag und Nacht beflissen,
Viel zu hören, viel zu wissen;
Horch an einer andern Türe,
Wie zu wissen sich gebühre.
Soll das Rechte zu dir ein,
Fühl in Gott was Rechts zu sein:
Wer von reiner Lieb entbrannt,
Wird vom lieben Gott erkannt.

WIE ICH SO EHRLICH WAR

Wie ich so ehrlich war,
Hab ich gefehlt
Und habe jahrelang
Mich durchgequält;
Ich galt und galt auch nicht;
Was sollt es heißen?
Nun wollt ich Schelm sein,
Tät mich befleißen;
Das wollt mir gar nicht ein,
Mußt mich zerreißen.
Da dacht ich: Ehrlich sein
Ist doch das Beste,
War es nur kümmerlich,
So steht es feste.

DIE JAHRE NAHMEN DIR

Die Jahre nahmen dir, du sagst, so vieles:
Die eigentliche Lust des Sinnespieles,
Erinnerung des allerliebsten Tandes
Von gestern, weit- und breiten Landes
Durchschweifen frommt nicht mehr; selbst
nicht von oben
Der Ehren anerkannte Zier, das Loben,
Erfreulich sonst. Aus eignem Tun Behagen
Quillt nicht mehr auf, dir fehlt ein dreistes
Wagen!
Nun wüßt ich nicht, was dir Besondres
bliebe?«

Mir bleibt genug! Es bleibt Idee und Liebe!

WAS MACHST DU AN DER WELT?

Was machst du an der Welt? Sie ist schon gemacht;
Der Herr der Schöpfung hat alles bedacht.
Dein Los ist gefallen, verfolge die Weise,
Der Weg ist begonnen, vollende die Reise:
Denn Sorgen und Kummer verändern es nicht,
Sie schleudern dich ewig aus gleichem Gewicht.

WARUM IST WAHRHEIT FERN UND WEIT?

Warum ist Wahrheit fern und weit?
Birgt sich hinab in tiefste Gründe?«
Niemand versteht zur rechten Zeit!
Wenn man zur rechten Zeit verstünde,
So wäre Wahrheit nah und breit
Und wäre lieblich und gelinde.

SULEIKA

Nimmer will ich dich verlieren!
Liebe gibt der Liebe Kraft.
Magst du meine Jugend zieren
Mit gewaltger Leidenschaft.
Ach! wie schmeichelt's meinem Triebe,
Wenn man meinen Dichter preist:
Denn das Leben ist die Liebe,
Und des Lebens Leben Geist.

JENE GARSTIGE VETTEL

Jene garstige Vettel,
Die buhlerische,
Welt heißt man sie,
Mich hat sie betrogen,
Wie die übrigen alle.
Glaube nahm sie mir weg,
Dann die Hoffnung;

Nun wollte sie
An die Liebe,
Da riß ich aus.
Den geretteten Schatz
Für ewig zu sichern,
Teilt ich ihn weislich
Zwischen Suleika und Saki.
Jedes der beiden
Beeifert sich um die Wette,
Höhere Zinsen zu entrichten.
Und ich bin reicher als je:
Den Glauben hab ich wieder!
An ihre Liebe den Glauben!
Er, im Becher, gewährt mir
Herrliches Gefühl der Gegenwart;
Was will da die Hoffnung!

SELIGE SEHNSUCHT

Sagt es niemand, nur den Weisen,
Weil die Menge gleich verhöhnet!
Das Lebendge will ich preisen,
Das nach Flammentod sich sehnet.

In der Liebesnächte Kühlung,
Die dich zeugte, wo du zeugtest,
Überfällt dich fremde Fühlung,
Wenn die stille Kerze leuchtet.

Nicht mehr bleibest du umfangen
In der Finsternis Beschattung,
Und dich reißet neu Verlangen
Auf zu höherer Begattung.

Keine Ferne macht dich schwierig,
Kommst geflogen und gebannt,
Und zuletzt, des Lichts begierig,
Bist du, Schmetterling, verbrannt.

Und so lang du das nicht hast,
Dieses: Stirb und werde!
Bist du nur ein trüber Gast
Auf der dunklen Erde.

Alphabetisches Verzeichnis der Überschriften und Anfänge der Gedichte

Die Gedichttitel sind *kursiv* gesetzt,
die Anfangszeilen gerade.

Johann Wolfgang Goethe, 1749 in Frankfurt a. M. geboren, studierte Jura in Leipzig und Straßburg. Mit dem Werther-Roman schrieb er 1774 den ersten internationalen Bestseller und ging ein Jahr später auf Einladung des Herzogs Karl August von Sachsen nach Weimar, wo er es bis zum Bergwerksleiter, Direktor des Weimarer Hoftheaters und Staatsminister brachte. Der bekannteste Vertreter des Sturm und Drang wandelte sich unter dem Einfluß des Hoflebens und der ersten Italienreise zum Vollender des klassischen Formideals. Seinem Freund Friedrich Schiller verdankte er entscheidende Anstöße zur Vollendung wichtiger Werke, wie etwa des *Faust*, an dem er während 60 Jahren schrieb. Goethe prägte den Begriff ›Weltliteratur‹ als Gegensatz zur nationalen, und er ist der erste und bis heute der bedeutendste Deutsche, der zu ihren Vertretern gehört.

Kleine Diogenes Taschenbücher

Die Bergpredigt
Aktuelle Texte aus dem Neuen Testament. Ausgewählt von Christian Strich. Mit einem Vorwort von H.G. Wells

Wilhelm Busch
Die schönsten Gedichte. Ausgewählt von Christian Strich

Albert Camus
Weder Opfer noch Henker. Über eine neue Weltordnung. Mit einem Nachwort von Heinz Robert Schlette und einem Beitrag von Hans Mayer

Anton Čechov
Die Dame mit dem Hündchen. Zwei Erzählungen

Luciano De Crescenzo
Sokrates. Sein Leben und Denken

Doris Dörrie
Der Mann meiner Träume. Erzählung

Friedrich Dürrenmatt
Die Panne. Eine noch mögliche Geschichte

Albert Einstein & Sigmund Freud
Warum Krieg? Ein Briefwechsel. Mit einem Essay von Isaac Asimov

Epiktet
Handbüchlein der Moral und Unterredungen. Herausgegeben, mit einem Vorwort und einer Schlußbemerkung von Wolfgang Kraus

Epikur
Über das Glück. Ausgewählte Texte. Vorwort von Ludwig Marcuse

Die Geschichte von der Erschaffung der Welt
von Adam und Eva, von ihrem Sündenfall, von Abraham, Jakob und von Joseph und seinen

Brüdern. In der Übertragung von Martin Luther. Auswahl der Texte von Franz Sutter

Theodor Fontane

Die schönsten Gedichte. Ausgewählt von Franz Sutter

Johann Wolfgang Goethe

Die schönsten Gedichte. Ausgewählt von Franz Sutter

Hermann Hesse

Gedichte. Ausgewählt von Christian Strich. Mit einem Essay des Autors über Gedichte. Mit einem Nachwort von Maria Nils

Patricia Highsmith

Drei Katzengeschichten

Hildegard von Bingen

Lieder. Zweisprachige Ausgabe lateinisch/deutsch. Ausgewählt von Silvia Sager. Vorwort von Walter Nigg

I Ging

Das Buch der Wandlungen. Herausgegeben von Thomas Cleary

Franz Kafka

Die Verwandlung. Erzählung
Brief an den Vater. Mit einem Vorwort von Max Brod

Immanuel Kant

Deines Lebens Sinn. Herausgegeben und mit einem Vorwort von Wolfgang Kraus

Die schönsten Katzengedichte

Ausgewählt von Anne Schmucke. Mit Zeichnungen von Tomi Ungerer

Lao Tse

Tao-Te-King. Mit einem Nachwort von Knut Walf

Die schönsten deutschen Liebesgedichte

Ausgewählt von Christian Strich

W. Somerset Maugham

Die Leidenschaft des Missionars. Erzählung

Mohammed

Die Stimme des Propheten. Herausgegeben und Vorwort von Wolfgang Kraus

Michel de Montaigne

Um recht zu leben. Aus den Essais. Mit einem Vorwort von Egon Friedell

Christian Morgenstern

Galgenlieder. Ausgewählt von Christian Strich

Eduard Mörike

Mozart auf der Reise nach Prag. Novelle

Die Geschichte von Moses

vom Exodus, den Zehn Geboten und dem Einzug ins Gelobte Land. In der Übertragung von Martin Luther. Auswahl der Texte von Franz Sutter

Walter Nigg

Teresa von Avila. Eine leidenschaftliche Seele

Joachim Ringelnatz

Die schönsten Gedichte. Ausgewählt von Franz Sutter und Antje Stählin. Mit einer kleinen Autobiographie des Autors

Salomo

Weinen hat seine Zeit, Lachen hat seine Zeit. Die großen Dichtungen des König Salomo. Vorwort von Ludwig Marcuse

Patrick Süskind

Drei Geschichten

Susanna Tamaro

Eine Kindheit. Erzählung

Henry David Thoreau

Über die Pflicht zum Ungehorsam gegen den Staat. Mit einem Nachwort von Manfred Allié

Mark Twain

Adams Tagebuch und *Die romantische Geschichte der Eskimomaid.* Eine klassische und eine moderne Liebesgeschichte